Leo con

PICTOGRAMAS

Disney

Los Aristogatos

cliper

Papel certificado por el Forest Stewardship Council®

FSC
www.fsc.org
MIXTO
Papel | Apoyando la silvicultura responsable
FSC® C117695

Penguin Random House Grupo Editorial

Primera edición: febrero de 2024

Publicado por Penguin Random House Grupo Editorial, S.A.U.
Travessera de Gràcia, 47-49. 08021 Barcelona

Printed in Spain – Impreso en España

ISBN: 978-84-19487-11-7
Depósito legal: B-17.887-2023

Diseño y maquetación: Rebeca Podio Jiménez

Impreso en Talleres Gráficos Soler S. A.
(Barcelona)

DS 87117

Carta para familias y educadores

Colección Leo con PICTOGRAMAS

***Leo con pictogramas* es una colección de libros especialmente concebida para pre-lectores y lectores de 4 a 6 años. Está pensada para leer primero en compañía de un adulto y después de forma autónoma.**

En la colección se incluyen historias de los personajes más conocidos de Disney para que los niños los reconozcan y simpaticen con ellos rápidamente: Elsa, Coco o Mickey harán que los niños aprendan y pasen ratos muy entretenidos. Junto a los protagonistas de sus películas favoritas, los pequeños aprenderán **valores** como: la amistad, la solidaridad, la superación de dificultades y la autonomía personal.

Cada historia está escrita con frases breves, vocabulario sencillo y letra ligada o caligráfica.

Algunas palabras y nombres de los personajes se sustituyen por pictogramas. En esta etapa del aprendizaje, es muy bueno que se utilicen los pictogramas en los textos, ya que además de amenizar la lectura, los pictogramas desarrollan la memoria visual y ayudan a desarrollar la capacidad de abstracción.

Cada libro de la colección tiene 24 páginas y todas ellas están ilustradas. Después de la historia se incluyen páginas con **actividades lúdicas** sobre comprensión lectora, adquisición de vocabulario, identificación de imágenes, grafomotricidad y conceptos matemáticos sencillos.

CON ESTA COLECCIÓN SE PRETENDE:

- **Despertar el interés por la lectura autónoma.**
- **Desarrollar la creatividad.**
- **Enseñar progresivamente pautas elementales de convivencia.**

ALGUNAS DE LAS COMPETENCIAS QUE SE DESARROLLARÁN SON:

- **Competencia para aprender a aprender:** mediante la adquisición de procesos básicos como son la agudeza visual y la capacidad de abstracción.
- **Competencia en comunicación lingüística:** al comprender el relato, memorizando datos de este y adquiriendo un vocabulario adecuado.
- **Competencia cultural y artística:** al disfrutar de la estética plástica de las imágenes de los libros.

Hace años, en París, existió una familia de Aristogatos.  Duquesa, una gata persa, y sus tres gatitos,  Toulouse,  Berlioz y  Marie, vivían en casa de  Madame Adelaila, una importante dama. La señora los quería tanto ¡que iba a dejarles toda su fortuna cuando muriera!

Eso disgustó mucho a  Edgar, el mayordomo. Se había esforzado mucho sirviendo a la dama todos esos años. La única manera de heredar toda la riqueza era hacer que los  Aristogatos desaparecieran para siempre, así que ideó un plan.

Una noche, los  Aristogatos se bebieron la leche que les había preparado Edgar, como hacían siempre. Lo que no sabían era que el mayordomo le había añadido  pastillas para dormir. Cuando se durmieron,  Edgar los metió en una cesta y se los llevó lejos con su  motocicleta.

 Edgar abandonó a  Duquesa y sus gatitos en un rincón y se fue. Cuando Duquesa y los gatitos despertaron, se encontraron perdidos en medio del campo en plena  tormenta.  Berlioz,  Toulouse y  Marie estaban asustados, pero Duquesa los tranquilizó.

A la mañana siguiente,  Duquesa y sus gatitos conocieron a Tomás  O'Malley, un gato callejero. El gato quedó encantado con la elegancia de Duquesa y la esperanza de  Berlioz,  Marie y  Toulouse. Decidió que iba a ayudarlos a regresar a París.

Subió a  Duquesa y a sus gatitos a un camión de reparto de leche que pasaba por allí y los vio marcharse. Desde el camión, los  Aristogatos le despidieron de vuelta con la patita. Pero entonces  Marie perdió el equilibrio, ¡y se cayó por la puerta trasera!

recogió a

del suelo y corrió hasta alcanzar al camión y devolverla con su familia. Después del suceso, decidió ir con ellos para asegurarse de que

y sus gatitos llegaban a salvo a París.

El conductor los acabó descubriendo y los echó de su  camión, así que  O'Malley y los  Aristogatos siguieron el camino andando. Estaban cruzando por un puente ferroviario cuando las vías empezaron a temblar. ¡Un  tren se dirigía hacia ellos!

Para evitar que los aplastase, saltaron de las vías y se escondieron debajo. Todo temblaba por culpa del  tren. Los  Aristogatos y  O'Malley se agarraron a las vigas que había debajo del puente. Pero, en una de las sacudidas, ¡ Marie se cayó al río!

 O'Malley saltó para rescatarla. Consiguió alcanzar a  Marie y devolvérsela a Duquesa. Pero el río lo arrastró. Dos gansos acudieron en su ayuda y lograron llevarlo a tierra firme con los  Aristogatos.

Finalmente, llegaron a París. Como estaban cansados, decidieron pasar la noche en casa de  O'Malley. Allí se encontraron con Gato  Jazz y su banda. Los Aristogatos, que eran grandes amantes de la  música, no dudaron en unirse a la diversión.

Esa noche,  O'Malley intentó convencer a  Duquesa de que se quedaran con él en París. Pero no podían abandonar a Madame Adelaila. Así que, a la mañana siguiente, los cinco se dirigieron a la  casa de la dama y se despidieron en la puerta.

Cuando  Edgar vio a los gatos, cogió un saco y los atrapó de nuevo. Duquesa mandó a  Roquefort, el ratón de la casa, a buscar a  O'Malley. El ratón lo encontró y se lo contó todo. De inmediato,  O'Malley fue a ayudarlos y mandó al  ratón a buscar a sus amigos.

 O'Malley llegó al jardín de la casa justo a tiempo de ver cómo Edgar metía un  saco en el granero. ¡Duquesa y los gatos estaban ahí dentro! En el granero,  Edgar metió el saco en un  baúl. ¡Iba a mandarlos a Tombuctú!

Con un aullido, O'Malley saltó sobre  Edgar. El mayordomo agarró una horca y persiguió al gato por el granero. Cuando Edgar tenía atrapado a  O'Malley, ¡ Roquefort apareció en el granero con Gato  Jazz y su banda!

Mientras Gato  Jazz y el resto de gatos callejeros se encargaban de Edgar, Roquefort abrió el  baúl. Una vez abierto,  Duquesa,  Berlioz,  Marie y  Toulouse salieron a toda prisa para reunirse de nuevo con O'Malley y el resto.

Gato  Jazz y su banda engancharon a  Edgar a una  polea. El caballo  Frou-Frou lo levantó del suelo y lo metió en el baúl. O'Malley lo cerró con un golpe, ¡y el mayordomo estaba listo para irse a Tombuctú!

 estaba muy contenta de ver a sus queridos gatos de nuevo.
Madame Adelaila

Se quedó tan encantada con  que lo adoptó. También decidió
O'Malley

fundar un hogar para todos los gatos callejeros de París. Todos lo

celebraron con  y .
música bailes

ACTIVIDADES

JUEGO DE ORDENAR IMÁGENES

Ordena las imágenes según tiene lugar cada momento en la historia.

SOPA DE LETRAS

Encuentra los siguientes nombres dentro de la sopa de letras.

A	G	A	T	O	J	A	Z	Z	I	U	O
Q	P	I	V	D	H	T	D	G	H	K	L
A	S	M	A	R	I	E	V	R	S	G	Y
E	B	A	S	T	O	U	L	O	U	S	E
R	E	R	T	U	E	D	F	I	A	W	L
T	R	L	A	O	Z	S	I	Y	T	E	L
F	L	A	S	E	U	Q	U	D	G	F	A
G	I	N	M	P	Ñ	L	K	G	H	J	M
J	O	J	Y	D	A	R	E	T	U	I	O
K	Z	R	O	Q	U	E	F	O	R	T	A

1- BERLIOZ
2- MARIE
3- TOULOUSE
4- DUQUESA
5- O'MALLEY
6- GATO JAZZ
7- ROQUEFORT

¡A COLOREAR!

Berlioz es un gran músico. Colorea este dibujo y conviértete también en un artista.

INTERPRETA LA CANCIÓN

En el apartamento de O'Malley, los Aristogatos tocan y bailan la canción *Todos quieren ser un Gato Jazz* con la banda. Rodea con un círculo los dos instrumentos que se mencionan en la canción.

Se escucha el trombón
O un buen saxofón al improvisar
No hay quien pueda aguantar
Sin ponerse a bailar o también rascar
Y todos quieren ser ya gato jazz
Y poder improvisar el jazz de verdad

¿Qué instrumento te gustaría aprender a tocar?

Otros títulos de esta colección

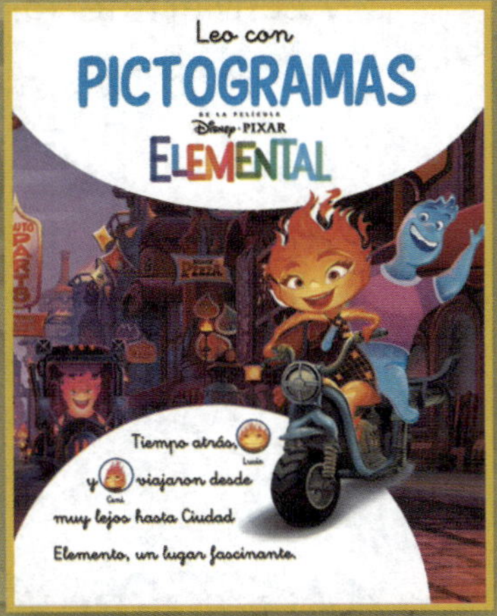

SOLUCIÓN:

JUEGO DE ORDENAR IMÁGENES

SOPA DE LETRAS

A	G	A	T	O	J	A	Z	Z	I	U	O
Q	P	I	V	D	H	T	D	G	H	K	L
A	S	M	A	R	I	E	V	R	S	G	Y
E	B	A	S	T	O	U	L	O	U	S	E
R	E	R	T	U	E	D	F	I	A	W	L
T	R	L	A	O	Z	S	I	Y	T	E	L
F	L	A	S	E	U	Q	U	D	G	F	A
G	I	N	M	P	Ñ	L	K	G	H	J	M
J	O	J	Y	D	A	R	E	T	U	I	O
K	Z	R	O	Q	U	E	F	O	R	T	A

INTERPRETA LA CANCIÓN

Se escucha el trombón
O un buen saxofón al improvisar
No hay quien pueda aguantar
Sin ponerse a bailar o también rascar
Y todos quieren ser ya gato jazz
Y poder improvisar el jazz de verdad